그것은 너의 하루를 슬쩍 올려놓는 일이었어

# 그것은 너의 하루를
# 슬쩍 올려놓는 일이었어

신상만 디카시집

곰곰나루

## 시인의 말

처음에는 몰랐습니다. 그냥 지나가다가 혹은 여행을 하다가 기억으로 남기고 싶은 풍경들을 사진으로 찍었습니다. 그때의 느낌은 가슴에만 남아 있었는데 나중에 시간이 지나자 사진은 글로 탄생이 되고 가슴에 남겨진 느낌은 디카시가 되었습니다. 그것은 새로운 문학의 영역이었습니다. 그러고는 자연스럽게 사랑하게 되었습니다. '사진'에게 '시'라는 생명을 불어넣으니 문학이 된 것입니다. 이제는 더욱 사랑하고 싶은 존재가 되어 어디를 가든 디카시 문학의 세계를 걸으며 감칠맛 나는 행복을 느낍니다. 시를 사랑하고 사진을 사랑하는 모든 이들에게 감사를 드리며 보잘것없는 결실이지만 예쁜 마음으로 보아주시기를 기대해 봅니다.

2026년 4월

신상만

# 그것은 너의 하루를 슬쩍 올려놓는 일이었어

## 차례

### 시인의 말

## 거인들의 놀이터

거인들의 공깃돌은 제각각이다.
손등 위에서 뛰놀던 눈물방울은
땅에 떨어져 대지를 적시는 이슬이 되고
삶의 발자국은 먼지 되어 흩어지는데
깊고 너른 기억은 목로주점에서 만난다.

# 귀요미

새색시 시집가는 날처럼 이쁘게 화장을 하고
부끄러워 고개 숙여 땅만 바라보다가
세월이 가면 여물어가는 연륜을 감당 못해 허리도 굽어질
텐데
운명이다, 많은 자손을 퍼뜨려야 하는 것은!

11

# 기다림


몰래 숨어 세상을 바라보는 늙은 생명의
기다림을 살아온 흔적이 아름답다.
숨어도 빛을 발하는 자태는 그 진가를 알아주는 이에 의해
세월과 연륜이 합쳐져 참된 가치를 나타낸다.
오래될수록 빛나는 늙음의 자태.

# 기억속의 추억

지치지만 말자 어제의 고난은 내일의 희망을 위한 것
과거의 기억속에 오늘이 있었고
아픔속에 여유가 있었다.
무수한 슬픔은 더 많은 기쁨을 낳았고
어제의 힘듦은 내일의 네잎클로버다.

## 기억은 담장 너머로


방문을 열면 할아버지 곰방대와 헛기침 소리
눈감으면 어렴풋이 떠오르는 생각의 모양 둘
담장 너머 밖의 세상은 험했지만
담장 안의 세상은 고요했지
아스라이 잊혀진 사랑방 대청마루

## 깊은 고뇌

고뇌에 찬 힘듦은 지금 살아있음을 증명한다
흰 햇살을 응시하는 그대의 눈이 날카로워질 때
세상은 긴장하지만 여유로워지고
적요한 하늘을 바라보는 그대의 눈이 부드러워질 때
긍정의 바다는 평화를 되찾는다

## 나들이

세 식구, 행복한 마음으로 깃털처럼 너울너울
엄마 뒤를 따라 헤죽대며 나들이 갈 때
덩그러니 넓은 세상 파릇한 여름으로 짙어만 가는데
여러 겹의 행복은 냉랭한 도시의 그을음 속에서도
바람에 섞여 거뭇하게 흐른다

눈

어둠에서 바라보는 밝은 세상의 눈과
밝은 세상에서 바라보는 어둠의 눈은
둘이 아닌 하나이다
빛이 있는 곳에 어둠이 있고
어둠이 있는 곳에 빛이 있다

## 돌아오지 않는 시간

부끄러움을 드러내고 시절을 노래하던 곳
아낙네들은 빨래를 하고
벌거숭이 아이들은 호데기를 불며 뛰어놀았지
물은 마르고 시간은 멈추었는데
한번 떠나간 아이들은 돌아오지 않는다

## 두렵지 않아

그래 한번 맞서 보는 거야
포효하는 바다를 넘어 부서진 석양 발치로
나에겐 달이 예쁜 겨울도
깊은 힘듦도 이겨낼 정지된 시간이 있거든
너에겐 항상 내가 네잎클로버이길 바라

# 멈추어진 시간


시간은 낚시꾼을 낚고, 낚시꾼은 고기를 낚고

긴장된 멈춤의 시간은 바다를 평정한다

오래도록 기다려도 멈추지 않는 것은 인내와 희망이다

질겅질겅 씹어대도 끊기지 않는 시간속 여행

## 목마름

모하비 사막의 시간 여행자

드넓은 누리를 지켜보며 기억을 되새긴다

천년의 세월이 지나도 변치 않는 사막의 갈증

사람들의 마음은 고뇌속에 떠나도

언제나 그 자리에는 이슬을 머금은 그가 있었다

## 미리 본 세상


몇 겹의 옷가지를 벗고 밝은 세상을 꿈꾸어 보면
혼돈과 울부짖음이 어우러지는 복닥복닥한 세상이 펼쳐진다
고요한 평화와 촘촘한 행복이 있는 빛바랜 추억을 열기 위해
사람들은 두려운 마음으로 빼꼼이 문을 열고
생각의 여행을 떠나본다

## 바라보는 아쉬움

여기만 넘으면 나의 세상이 펼쳐지는데
절대자 주인의 명령은 기다림이다
바깥세상을 바라보는 넓은 꿈은 아쉬움의 눈빛으로
주인을 넘어 이미 넓은 세상에 가 있는데
그냥, 개꿈인가 보다

# 방랑자

게으른 자의 축복인가, 부자의 자랑인가

이리저리 떠도는 나는야 배가본드

멈춘 곳이 내 집이고 움직이면 세상이다

방랑자의 발걸음은 끝없는 시간여행

지금 쉬는 곳에서 시간이 멈추면 또다른 내일이 다가온다

## 버티고 살다 보면

끝까지 버티는 게 이기는 거다

도중에 포기하면 실패한 인생이다

안간힘을 다해서 붙들고 살아야만 하는 세상

쨍하고 해가 뜨든지 쥐구멍에 볕들 날도 오겠지

까무룩한 마음은 이미 하늘을 뚫었다

# 사라짐


젊음과 욕망이 사라진 채 고개를 떨구고

초췌한 모습으로 최후를 맞아야만 하는 우리네 인생

언젠가는 다가올 마지막 잎새, 마지막 한숨

무성한 잎은 떨어져 한줌의 흙이 되듯

우리네 인생도 쉼표를 찍고 시간속으로 사라져간다

## 상어의 꿈


세상이 하나였을 때, 적요한 하늘은 먼 바다였고
속절없는 낭만으로 생각의 모양을 보듬어 안았다
하늘은 끈끈한 기억과 맞물려 역사를 만들어내고
하늘빛 상어는 옛 기억을 더듬어 분주히 헤엄치는데
구름은 옛말인 양 무심코 바라만 본다

## 서로를 위한 마음

서로를 바라보며 활짝 웃는다

엄마는 아가를 흰 햇살로 덮어주려 하고

아가는 엄마를 바라보며 잠깐의 쉼표를 찍는다

바라보기만 해도 기쁨은 샘솟고

끈끈한 기억에, 만족만 해도 사랑은 뿜뿜이다

## 소녀의 꿈

역사는 하나였는데 남북으로 갈렸다

산천은 여전히 서로를 바라보는데 한쪽은 멕시코 한쪽은

미국

사람들의 마음도 남북으로 갈렸을까?

국경선 너머 들려오는 구슬픈 멕시컨 소녀의 노래

Donde Voy, Donde Voy

❖ '돈데보이(Donde Voy)'라는 노래는 어메리칸 드림을
꿈꾸며 미국으로 가고 싶은데 갈 수 없는 멕시컨 소녀의 안
타까운 마음을 노래한 것

시간꽃


헤죽대며 질척이던 시간의 흐름 한 줄기

시절을 아쉬워해도 남은 것은 빛 바랜 추억뿐

햇살은 활짝 웃으며 기억을 재촉하며

까무룩이 썰매 타던 시절을 그리워해도

무정한 시간은 오지 않고 흐린 마음만 덩그러니 남았다

## 시간의 일깨움

문지방 너머 사랑방에 펼쳐지는 고즈넉한 세상
곰방대, 목침, 화로 그리고 에헴 하는 헛기침 소리
시간은 지났어도 여전히 울리는 할아버지의 기침소리는
덩그러니 겨울 위에 쌓이더니
소중한 이들에게 빛 바랜 기억을 일깨워준다

## 시절

세상을 바라보던 그대의 빈자리가 더 크게 보일 때

거뭇하게 젖은 기억의 숨결을 간직한 채 생각의 모양 하나

사람들에게 쉼과 안식을 주던 그대의 존재는

아쉬움을 망각하고 새주인을 기다리고 있는데

시절은 하수상하여 언제나 올까 깊고 너른 사람은

# 싸움

생존의 싸움은 이제 시작일 뿐

억겁의 세월을 겹겹이 쌓았다

고난은 길고 인내는 바닥난 지 오래지만

삶이 가진 진짜 맛은 나만의 소소한 숲을 만드는 것

무정한 시간은 내일의 동력이다

## 아차

외계인의 침략이다!

잠시 정차를 하고 지구를 살핀다

침공계획을 세우고 몇 광년을 단숨에 날아서

여기까지 왔는데, '아차, 주차위반이다'

벌금을 감당 못해 돌아가야 한다

## 아픔의 의미


일곱 빛깔은 희망의 상징인데
오늘의 무지개는 생명을 빼앗겼다
의미를 빼앗긴 일곱 색깔은 영롱한 빛을 잃고
절망의 노예 되어 눈물만 흘린다
쌍무지개는 희망도 두 배였는데


❖동성연애자들의 상징이 되어버린 무지개를 안타까운
마음으로 바라봄

## 악마의 얼굴

불타오르는 하늘, 매캐한 냄새, LA의 민낯이다
붉은 태양은 악마의 얼굴로 화장을 하고
사람들의 얼굴은 일그러져 가는데
초록빛 생명들은 고통 가운데 희망을 품는다
인간보다 위대한 자연의 힘이다

## 애들아 잘들어

엄마 품을 떠나는 것은 자유에의 도전이고
살아있음은 자유를 확인하는 거란다
너희 셋이 힘을 합치면 못할 일이 없고
셋이 날개를 펴면 세상도 덮을 수 있으니까

# 억지웃음


과거의 영화를 품에 안은 채 은퇴의 삶을 즐기며

여유로운 슬픔을 기억에 안고 멈추어 선 채

한때는 총잡이들의 목표였지만

이제는 관광객들의 사진 속 주인공이 되어

내일을 기다리며 억지 웃음으로 표정을 관리한다

## 엄니의 겨우살이

겨울을 준비하는 엄니의 손길이 분주하다
따끈한 아랫목에서 궁둥내 나게 띄운 청국장에
시래기 몇 잎 넣으면 식구들은 행복하고
행복을 말리는 달이 예쁜 겨울은
추운 줄 모르고 벌써 도망가 버렸다

## 여행

푸른 가슴을 풀어헤치고 달려가고 싶은 곳
이 길로 쭈욱 가면 고향에 다다를까?
하얀 별을 이정표 삼아 여행을 떠나본다
사랑은 녹슬었어도 제 길로 가고 있는데
갈길 모르고 방황하는 인생은 어느새 종착역이다

## 영험

천년을 버텨보니 신이 되었다
역사를 기억하는 사람들은 제물을 바치고
영험을 고대하는 사람들은 돈을 바치고
살다보니 정말로 신이 된 듯
나무는 잘난 체하며 사람들을 내려다본다

## 욕망

최악의 조건 속에서 고개를 내밀어 세상을 바라본다

살고자 하는 희망의 분출일까?

욕망은 영혼과 마음을 젊게 하고

시간은 끊임없이 다시 태어나게 하고

샐쭉 웃으며 자라게 한다 비록 애먼 곳 바위틈일지라도

## 우리의 운명은


화석 연료는 인류에게 재앙일까 아니면 선택일까
버려질 운명은 아니지만 사람들은 외면하려 한다
한때의 융성함은 과거의 기억일 뿐
사람들은 새것을 좋아하는데
흐린 마음의 커다란 힘듦이 근심 위에 쌓였다

## 위대함

커다란 자태를 뽐내며 위풍도 당당한데
독 짓는 늙은이는 어디로 갔나?
그냥 존재함으로 위대한 옹기는
예술가의 손길을 통해 새로이 태어나지만
쳐다보는 사람들의 고개는 갸우뚱이다

## 유토피아를 꿈꾸며

강렬한 태양 아래 콘크리트 감옥
디스토피아를 넘어 유토피아를 꿈꿔 보지만
대지의 척박함이 숨통을 조여올 때
홀로 서는 오늘의 기다림은
내일의 희망으로 다시 피어난다

이순간

공격 바로 전 숨도 쉬지 않고
목표한 먹이를 응시하며
순간을 위하여 준비한 멈추어진 시간
성공 못하면 배를 곯는다
그럴 수야 없지 한방에 끝내자

# 자유를 향한 몸짓

자유를 향한 몸부림은 생명의 상징이다
한 번 날갯짓으로 세상을 삼키고
두 번의 날개짓으로 영원을 꿈꾼다
알 수 없는 것은 인간의 욕심
흐린 마음을 뒤로하고 내일을 편다

## 정상에서 내려온 친구

고통과 번민을 짊어지고 한걸음씩 오르는데
가까운 것 같지만 멀고, 낮은 것 같은데 높다
오르다 보면 정상에 도달할 수 있으려나?
가버린 친구와의 기억이 새롭다
정상에는 올랐는데 일찌감치 삶에서 내려왔다

❖함께 이 Kelso Dunes 모래언덕을 오르고 일찍 세상을
등진 친구를 기억하며

## 조합

세월의 고통을 이기지 못해
마음의 구멍이 뚫렸다
시간의 바람을 이기지 못해
영혼이 깎여버리고 파도처럼 울었다
인생은 바람과 파도의 어설픈 조합이다

## 지혜의 쉼터

복닥복닥 세상 너머 산속 마을 보물창고
아는 사람들만 찾아주는 지혜의 쉼터
보물들은 주인을 기다리며 인내하고 있는데
사람들의 마음은 딴데 가 있다
책장을 열면 더 나은 세상이 펼쳐지는데

# 천국


교회의 담장 밑도 천국의 울타리 안이다

산다는 것은 고단함을 집요하게 견디는 일이지만

은혜의 손길을 기대하며 교회 안에 거하면

콘크리트 감옥 같은 힘듦에도

흰 햇살과 그분의 보살핌은 비추일 테니까

## 추억과 기억 사이

추억이 맞물려 돌담길을 흐를 때
돌 하나에 담긴 한움큼의 인연을 생각한다
쌓아올린 돌담 사이로 흐르는 시간들은
연인들의 기억을 까무룩이 일깨우며
문풍지 너머 몰래 들은 그들의 이야기를 전해 준다

## 테코파의 기억


오래된 마을에는 기나긴 추억이 머문다

달리던 차는 멈춘 채 기억을 더듬고

공동 세탁장에는 왁자지껄 떠들던 미련만이 남아 있지만

가슴속의 그리움은 한숨으로 변해

잊혀지는 이들의 아픈 마음속에 흑백 사진 한 장을 남긴다


❖테코파는 15번 선상의 베이커에서 50마일 북쪽으로 가면 나오는 온천 마을이다

## 토끼꽃

다른 이의 말을 잘 듣기 위한 큰 귀와
다른 이에게 평화를 주는 얼굴이
먹이사슬의 맨 밑에 있는 귀요미 토끼다
사람들은 각진 말들을 쏟아내며 상처를 주어도
언제나 폴짝폴짝 뛰놀던 어린 왕자이고 싶다

## 하늘 향해

하늘 향해 울부짖는 간절한 기도,

널리 세상을 이롭게 할 수 있는 힘을 주소서

구원자의 외침이 세상을 울린다

내가 너와 함께 하리라

너의 한 뿔로도 세상을 지탱하는 힘이 되게 하겠노라

## 한모금의 물도

한방울의 물이 아쉬워
다음 비 올 때까지 목마름을 참아본다
살아남는 것은 사치일 뿐
지금 이 순간이 중요하다
우리네 인생도 그럴까?

# 행복한 이유

골퍼가 던져주는 쿠키 한 개로 행복할 수 있다면
시원한 그늘이 주는 기쁨을 맛볼 수 있다면
오늘 하루를 슬쩍 올려놓는 일이다
다른 다람쥐에게 먹이를 빼앗기는 것이 두려울 뿐
뚱뚱해지는 것은 결코 두렵지 않으니까

# 향수

얼룩배기 황소는 실개천으로 목마름을 달래러 가고
가수는 역사의 뒤안길에서 노래하며 삶의 흔적을 남기고
사철 발벗은 아내는 그리움으로 사람들의 가슴을 울린다
오래된 집보다 더 오래된 시인의 노래
넓은 벌 동쪽하늘로…

❖사진은 정지용 시인의 생가임

## 희망을 품고

세상 풍파를 거슬러 앞으로 나아가련다
희망의 노를 저으며 여러 겹의 행복을 들추어 안고
바람에 섞여 흐르는 미지의 항구에 다다르면
고단한 눈시울을 감춘 채 하얀색의 지난 시절을 떠올리겠지

신상만 디카시집

그것은 너의 하루를 슬쩍 올려놓는 일이었어

**초판 1쇄 발행** 2026년 4월 19일

**지은이** 신상만

**펴낸이** 임현경    **디자인** 김선민

**펴낸곳** 곰곰나루
**출판등록** 제2019-000052호 (2019년 9월 24일)
**주소** 서울특별시 양천구 목동서로 221 굿모닝탑 201동 605호 (목동)
**전화** 02-2649-0609
**팩스** 02-798-1131
**전자우편** merdian6304@naver.com
**유튜브채널** 곰곰나루

ISBN 979-11-92621-29-6 (03810)

**책값** 12,000원